Ernst Jandls wohl berühmtestes Liebesgedicht ist »liegen bei dir«. In wenigen sachlichen Zeilen beschreibt er, wer wen im Arm hält, bemißt mit nicht zu überbietender Anschaulichkeit, welche Bedeutung die Liebe für ihn hat: Zuflucht und Halt. In anderen seiner Liebesgedichte geht es drastischer und direkter oder auch zurückhaltender und feiner zu.

Der radikalste Sprachkünstler unter den Lyrikern des 20. Jahrhunderts hat einige der eindrucksvollsten und eingängigsten Liebesgedichte der deutschen Literatur geschrieben – und vielleicht auch einige der überraschendsten.

Die vorliegende Auswahl stellt 99 Liebesgedichte Ernst Jandls vor und führt in das Gesamtwerk des Dichters ein.

Ernst Jandl wurde am 1. August 1925 in Wien geboren. Gegen Ende des Zweiten Weltkriegs kam er kurz in englische Kriegsgefangenschaft und kehrte nach seiner Freilassung nach Wien zurück. In den 50er Jahren lernte er die österreichische Schriftstellerin Friederike Mayröcker, seine spätere Lebensgefährtin, kennen. 1973 zählte er zu den Gründern der Grazer Autorensammlung, der er zwei Jahre später als Vizepräsident und in den 80ern als Präsident vorstand. Jandls Werk zählt bis heute zu den wichtigsten der experimentellen Lyrik im deutschen Sprachraum. Ernst Jandl starb am 9. Juni 2000.

Klaus Siblewski, 1950 in Frankfurt am Main geboren, ist Verlagslektor und lehrt als Professor am Institut für Literarisches Schreiben und Literaturwissenschaft an der Universität Hildesheim. Er hat u.a. die Werke von Ernst Jandl, Peter Härtling und Peter Turrini herausgegeben.

insel taschenbuch 4379

Ernst Jandl

Liebesgedichte

ERNST JANDL

LIEBES GEDICHTE

Ausgewählt und mit
einem Nachwort versehen
von Klaus Siblewski

Insel Verlag

Erste Auflage 2015
insel taschenbuch 4379
Insel Verlag Berlin

Quellennachweise am Schluß des Bandes
Vertrieb durch den Suhrkamp Taschenbuch Verlag
Umschlag: ZERO Werbeagentur, München
Umschlagfoto: FinePic®, München
Satz: Satz-Offizin Hümmer GmbH, Waldbüttelbrunn
Druck: Druckhaus Nomos, Sinzheim
Printed in Germany
ISBN 978-3-458-36079-7

Liebesgedichte

das erwachen im käfig

auf botengängen
zwischen lazarettbaracken
sah er zum erstenmal frauen so an
wie der mann frauen ansieht.
aber er sagte nicht: ich, mann.

so aber sah er sie an: wie einer
der im käfig aufwacht.
aber er sagte nicht: ich, mann.

so aber sah er sie an: wie einer
dem keiner den käfig aufmacht.

aber er sah sie auch so an: wie einer
der im käfig nicht allein ist.
er hatt' nämlich kameraden.

die peitschten ihm feuer in die wangen –
die peitschten ihm wasser aus der stirn –
die peitschten bis das feuer das wasser fraß –
die rieben dabei vergnügt
die hände.

sie blieben wach bis er schlief.
sie standen um sein bett. sie hörten zu.
da wuchs ihm das herz durch den mund.
da rieben die kameraden vergnügt
die hände.

hundegespann

so brechen wir auf und jagen auseinander.

einer sucht sich norden aus und spannt die hunde
vor den schlitten.
einer sucht sich süden aus und spannt den schlitten
vor die hunde.

einen trifft im norden das eis, und es zerbricht ihm
die hunde.
einen trifft im süden das eis, und es zerbricht ihm
den schlitten.

so fallen wir zusammen.

ihre welt

laß mich heraus! so ein
schrei ist sie. er
hält bloß seine
hand davor.

was ihm gefällt
tut er mit ihr.
was ihm gefällt
tut er ohne sie.

hochzeitslied

eine rechte hand
in einer rechten hand
da gehören zwei dazu
zwei rechte hände
und an der einen ich
und an der andern du
da gehören zwei dazu
ein ich und ein du.

ich geb dir meinen namen
und steck dir einen ring an
du steckst mir einen ring an
in ewigkeit amen.
im hintergrund die damen
halten sich vor die augen
seidene taschentücher
mit monogrammen.

wir haben gott zum zeugen
jedoch zum unterschreiben
vor dem beamten
zwei unserer bekannten.
wir haben gott zum zeugen
jedoch als gratulanten
graue elternreste
und teegefüllte tanten.

wir werden am büffet
vor glacierten torten
nebeneinander aufgestellt
und lebengelassen
und verabschiedet
mit freundlichen worten
und alleingelassen
und ausgezählt.

eine rechte hand
in einer rechten hand
da gehören zwei dazu
zwei rechte hände
und an der einen ich
und an der andern du
da gehören zwei dazu
ein ich und ein du.

während wir warteten

während wir warteten,
trat eine frau in den garten. frau,
sagte da einer von uns. die frau
sah herüber zu uns. frau,
dachte da jeder von uns. die frau
lachte herüber zu uns. jeder von uns –
aber die frau
drehte sich weg und ging aus dem garten.

jalousie

ziehen wir herunter die
undurchsichtige jalousie
die augen anderer sind
immer gegenüber
die augen anderer sind
immer bewußt
und stören das glück im
beleuchteten zimmer

unter anderen

der mann sucht
die frau
mit seinen augen und
mit seinen händen
und geht durch straßen
(leicht zu finden
sagen andere)

der mann sucht
die frau
für seine augen und
für seine hände
für seine augen und
für seinen mund

der worte sprechen möchte
die schwer zu finden sind
unter anderen.

luise

ich erinnere mich dunkel: ich war dunkel
und wollte einen dunklen mann.
er war blond und wollte eine blonde frau.
ich erinnere mich genau wie blond er war.

ich erinnere mich dunkel: er war blond
und wollte eine blonde frau.
ich war dunkel und hatte einen mann der blond war.
ich erinnere mich genau wie blond er war.

ich erinnere mich dunkel: weil ich dunkel war
wollte ich einen dunklen mann.
er war blond doch er hatte eine frau die war dunkel.
ich erinnere mich genau wie dunkel ich war.

reihenfolge (nach der natur)

worte
tastende worte
dann

küsse
atemanhaltende küsse
dann

ergüsse
fruchtbringende ergüsse
dann

der künstliche abortus

über stiegen

ich habe begonnen
über stiegen zu fallen
und frage ärztliche freunde
nach der lage der niere.
dir sage ich, drück mich dort nicht
zu fest
aber laß mich um himmelswillen nicht los.

brüchiges laub

brüchiges laub
und der staub aus diesem
ist die fortsetzung der knospen.

früh schon fielen die blüten; aber das blattgrün
und die aussicht auf einen guten markt
ließen den frühling restlos vergessen.

vielleicht
hält noch phidias
dein gesicht fest.
das wäre eine fortsetzung
der bemühung um den stein.
das wäre keine
fortsetzung deines gesichts.
das wäre von dir
nicht einmal ein rest.

vier versuche zu definieren

meine liebe
ist der schmerz meiner zeitweisen abwesenheit von dir.

meine liebe
ist das lachen beim zeitweisen wiedersehen mit dir.

meine liebe
ist das aufsagen unbedeutender worte vor dir.

meine liebe
ist der zeitweise ungläubige thomas in mir.

durchwühlte truhe
geplünderte kammer
brandschatzende horden im einst
so reichen land.
briefe zerknüllt, verbrannt.
in liebe geschrieben. verbrannt.
die hand, deine hand, du hand, du liebe,
du liebe hand.

weißheit

hast du die steile wiese aus dem mai
tief genug vergraben, komplizin?
dann laß zeit vorbei.
und pflanz aufs grab jäger und hasen.
keine fundstelle bleibe.
zeit, geh vorbei.

bis der frühling die wiese herausholt
was wirst du noch wissen, komplizin?
wie die fichte den schnee
wirst du es abschütteln.
weißheit, zergeh.

er wird dir die wiese
wiederum steilstellen.
er wird dir nichts freistellen,
der mai.

telefon

du!
schwarzer bakelitteufel!
warum ziehst du dich nicht um?
spiel nicht meer in der muschel!
stell die ebbe ab, komm!
was? drei kilometer draht und trotzdem mund an ohr?
laß dir nichts vormachen!
zieh die muschel aus!
steig den kilometern auf den kopf!
komm!

pfeifendes mädchen 28

mit 14 kein kind
ein guter freund meines vaters
pfeift die hausmeisterstochter am tor.
nur mit 17 kein kind
irgendein freund vom tanzen her
pfeift die hausmeisterstochter am tor.
ich wurde nicht schwerer als ich jetzt bin.
ob sie auch so müde wie er sei
fragt der mann der die tonnen vors tor stellt
das pfeifende mädchen 28.
inzwischen auch klug
verehrer an jedem finger
ja fallweise.

mehrmals die nacht

die liebe ist abgewischt
das licht ist ausgelöscht
rücken an rücken übernachten
die geliebten

mehrmals die nacht
steckt elvira die angel ins pflaster
ein schutzmann überquert ihre einbahn
und läßt sie einsam

ein mann in den jahren preßt sich
im traum an die rosa tapete
die zähne seines morgens übernachten
im glas auf dem waschtisch

wer möchte den kopf
nicht abnehmen wie einen hut?
gute nacht, kopf
bei den handschuhen im kasten

der abend ist etwas zu still

ich sollte dich jetzt bei mir haben.
du würdest auf dem bett liegen und schlafen.
ich würde dir eine zeitlang zusehen.
dann würde ich stampfen.
du würdest auffahren und rufen: was ist denn los?
nichts ist los, würde ich sagen,
nur ein buch ist auf den boden gefallen.

in einer weise sentimental

wenn wir miteinander
im wenn-wir-kinder-bekämen-gespräch sind
schläft unser herz ein
und der knabe, unser ältester
mischt sich schon überall ein
und damit er es von anfang an behält
sagen wir seit neuestem
vater und mutter zueinander
und obwohl du erst darüber lachtest
beginnen diese namen uns zu passen.
wenn wir dann voneinander
aufwachen, mein herz
waren wir in einer weise sentimental
die uns gefällt.

aber die kraft

lang oft
trägt die veränderlichkeit
die maske der dauer.
aber die kraft
die den frühling im sommer verheizt
und die asche in den herbst streut
reinigt stempelblaue wangen
und reißt ringe von fingern.
störenfriede von lippen
werden lebendig
und wünsche
klettern an den beinen aufwärts
und werden schwer im hängen.
einige zeit
läßt sich jeder zustand
im schnürleib verbergen.
aber die kraft
die auf entlegenen wiesen den herbst schürt
wird auch dieses mieder sprengen.

lied

schlaf gut für mich
bis morgen
schlaf für mich,
schlaf für mich
denn ich möchte dich jetzt.
schlaf gut für mich
bis morgen
schlaf für mich,
schlaf für mich
denn du kannst erst morgen.
schlaf gut für mich
bis morgen
schlaf für mich,
denn ich möchte dich jetzt
und du kannst erst morgen.
schlaf gut für mich
bis morgen
schlaf für mich,
denn du kannst erst morgen
und jetzt ist die liebe.

rüstige männer

in jeder schmierigen einfahrt, mädchen
wartet ein rüstiger mann.
bohrer aus blau sind seine augen
über sehr melancholischen tränensäcken.
lauwarme zangen sind seine hände
seine arme plakate der sanftmut.
in den löchern seines gebisses
das dich an die schönen zähne
deines vaters erinnert, der eine karotte kaut
glänzt das metall
eines, der immer noch fleisch frißt.

im schmierigen licht jeder einfahrt, mädchen
zeigt dir ein rüstiger mann
an der edlen wand seiner stirn
die schlittschuhkurven des lebens
und verspricht dir enthüllungen – enthüllungen,
mädchen
aus dem einzigartigen roman seines lebens.

man soll nicht verallgemeinern
doch es läßt sich nicht verneinen
daß die offiziere von dazumal
auch heute noch andere kerle sind
als die bartlosen gemeinen.

alle frauen, die dein rüstiger mann
mit seiner liebe beglückte
liegen in dir, mädchen
auf dem rücken

oder bist du nicht eine der
polnischen studentinnen
die ins feldbordell dienstverpflichtet wurden
und bist du nicht eine der
afrikanischen madonnen
die leicht waren wie daunen
und alle bräute daheim
in den schatten stellten
und bist du nicht eine der
sprühenden französinnen
die man auf der straße, die rue oder boulevard hieß
aus dem auto stieß nach der benützung
und bist du nicht eine der
dunkeläugigen griechinnen
die man für ein stück brot
wirklich – für ein stück brot
(weißt du noch, was eine hungersnot ist, mädchen)
und bist du nicht eine der
weißen russinnen
mit den vollen mütterlichen brüsten
in der schönsten stunde ihres lebens
vor der erschießung?

muß es nicht schön sein, mädchen
alle diese frauen gleichzeitig zu sein

und dabei auf dem rücken zu liegen
den kopf tief in eine wolke
und nur e i n e angst im bauch

die angst vor dem mädchen, oder vor dem knaben
den die russin gesäugt hätte
viele monate nach der erschießung
den die griechin getauft hätte
mit einem der schönen archaischen namen
dem die französin
einen luftballon gekauft hätte
der höher fliegt, als der eiffelturm hoch ist
dem das mädchen aus afrika
ein amulett um den hals gehängt hätte
zum schutz vor den rüstigen männern aller kontinente
und den die polnische studentin unterrichtet hätte
in den wichtigsten sprachen
um freund zu sein mit der welt.

komm rasch genug heraus
himmlischer
komm rasch genug heraus

barometer

das mädchen aus der trafik
schaut durch die glastür vor meinen augen davon.
drinnen bedient sie mich und schaut mir zu hoch hinauf.
es regnet mir scheint ganz schön,
liest das mädchen vor meinen augen das wetter
von meinem hut ab.

zwei

1

von stunde
zu stunde
ohne erwartung:
so werden wir zerdehnt.

wir brauchten änderung
aber die änderung
brauchte jahre

die sich überschlagen müßten
wie ein fahrzeug
in den abgrund.

2

kunde
von mund zu mund.

verrat
von diesem
zu jenem.

schließlich die erinnerung
an diesen und jenen.
(als ich uns das bett gemacht ...)

welche eintracht!

3

galerie.
bild an bild.
man hat eintritt bezahlt.
also von einem zum andern.
also so wird gemalt.
dann konzentriert
auf die außergewöhnlichen drei.
geschmack ist geschmack.
subjektiv.
de facto einerlei.

4

zwei:
dieses größte vielfache
in der einsamen welt;
dieses einfache
die augen schließen;
dieser gemeinsame mund.

mädchen, knabenfremd.
knaben, mädchenscheu.
rauh beginnt der frühling.

zwei
und wieder zwei
neu
und wieder neu
häuft sich in beiden.

quitt

jetzt sind sie quitt
und gehen auseinander
haß im herzen
oder

jetzt sind sie quitt
einer liegt einer geht fort
furcht im herzen
oder

jetzt sind sie quitt
einer liegt
wie der andre
nichts im herzen.

jetzt sind sie quitt.

liegen, bei dir

ich liege bei dir. deine arme
halten mich. deine arme
halten mehr als ich bin.
deine arme halten, was ich bin
wenn ich bei dir liege und
deine arme mich halten.

glas

glas
schwester des auges
kühlerer bruder der stirn.

blume bist du in meiner hand.
als liebste kennst du meine lippen.

ins gästebuch

ich und mein tier
du und dein tier
wir waren hier
und waren doch nicht vier.

·

wir hatten angst vor dieben
sonst wären wir geblieben.

·

wir musizierten
in bananenfarbenen betten
und wickelten unsere nachkommenschaft
in papierservietten.

hoffnung

in die effnung
vier dein glied ein
glicklich zu sein

glick

glick

zimmergedanken an die vergänglichkeit

meine gastritis und deine spondylose
sind aus sherlock holmes' unvermeidlicher tabakspfeife
gestiegen
die das denken so klar
und die formulierung so präzise macht.

allerdings braucht salvador dali nur
über das ozeanblau unserer an die wand genagelten
weltkarte
an der der kleine andreas angstpfeifend wie
ein fidschi-pfeil vorbeischnellt, zu niesen
um unsere blaugraue umarmung aufzulösen.

doch auch wir
schießen mit dem radio nach allen kontinenten
und machen, sooft wir einen prachtkerl erlegen
eine kerbe ins holz unserer jazz-orgel.

kleeblattgasse

in diesem haus
war die lou
in meinem kopf
und in deinem
war die lou
ach wir knaben
verdunkelung
verheißung
in roten buchstaben
über dem tor
wir davor
heute
fensterbeleuchtung
ehrbarkeit
schmutzfassade
du begraben
ich
und abend

abschied

unsermund
unsere hände
adieu
          adieu

zu dir
mich schauen

ich
ging

und meine
ich träume

chanson

l'amour
die tür
the chair
der bauch

the chair
die tür
l'amour
der bauch

der bauch
die tür
the chair
l'amour

l'amour
die tür
the chair

le tür
d'amour
der chair
the bauch

le chair
der tür
die bauch
th'amour

le bauch
th'amour
die chair
der tür

l'amour
die tür
the chair

am'lour
tie dür
che thair
ber dauch

tie dair
che lauch
am thür
ber'dour

che dauch
am'thour
ber dür
tie lair

l'amour
die tür
the chair

calypso

ich was not yet
in brasilien
nach brasilien
wulld ich laik du go

wer de wimen
arr so ander
so quait ander
denn anderwo

ich was not yet
in brasilien
nach brasilien
wulld ich laik du go

als ich anderschdehn
mange lanquidsch
will ich anderschdehn
auch lanquidsch in rioo

ich was not yet
in brasilien
nach brasilien
wulld ich laik du go

wenn de senden
mi across de meer

wai mi not senden wer
ich wulld laik du go

yes yes de senden
mi across de meer
wer ich was not yet
ich laik du go sehr

ich was not yet
in brasilien
yes nach brasilien
wulld ich laik du go

eulen

bist eulen
ja
bin eulen
ja ja
sehr eulen

bist auch eulen
ja
bin auch eulen
sehr eulen
ja ja

will aber nicht mehr eulen sein
bin schon zu lang eulen gewesen

will auch nicht mehr eulen sein
bin auch schon zu lang eulen gewesen

ja
mit dir da
mit dir da auch
bin nicht mehr eulen ja
bin nicht mehr eulen auch
ja ja
ja ja auch

doch wer einmal eulen war
der wird eulen bleiben immer
ja

ja ja

flichtinge begegnung

augn
        ins
augn
        ins
augn
        ins
                o frau was willt du
                hier auf der straßn
                und mitn großngroßn
augn

manchmal schreibe ich
auf dem weg durch die abendliche kärntnerstraße
einen film
der mich so reich macht
daß ich dir alle schätze dieser schaufenster zu füßen
legen kann

und damit mir meine freunde nicht böse sind
bleibe ich stets literarisch
»hebbel in wien«, »der arme lenau«
oder
»das seltsame leben des anastasius grün«

viele züge fahren nach paris, während

mein spaziergang fährt nach paris, während du nach
paris fährst
dieses weinglas fährt nach paris, während du nach
paris fährst
auch mein bett fährt nach paris, während du nach
paris fährst
selbst der mond fährt nach paris, während du nach
paris fährst

aber alle diese züge sind unverläßlich

mein spaziergang fährt bis zu jenem weinglas nach paris
und fällt ins weinglas
dieses weinglas fährt bis zu meinem bett nach paris
und fällt ins bett
auch mein bett fährt bis zum mond nach paris
und fällt in einen krater
selbst der mond fährt nach paris
und fällt in den fensterrahmen

mann und mädchen

der mann legt seine hand
dem mädchen auf das kleid.

ein zweiter mann gerät
kurz in vergessenheit.

das mädchen lacht wie nicht
seit seiner frohen zeit.

das mädchen, als es lacht,
hat sprünge im gesicht.

baby doll

ich traf sie zwischen wein
und schärferem getränk.
sie war zu gast wie ich
und dessen eingedenk.

so schlug sie als das ohr
der hausfrau näher kam
auf sanfter couch gerollt
traurige töne an

und seufzte seifenblasen
und klagte daß ihr mann –
bis aus der hausfrau auge
die gleiche träne rann.

ihr mann zu gast wie ich
und dessen eingedenk
zog mich ins nebenzimmer
zu schärferem getränk.

besuch von auswärts

1

die karte kommt ins haus.
aus england kommt besuch.

der möchte sehn die stadt.
wohl dem der jetzt noch heimat hat.

ich gehe ins hotel.
ein zimmer steht bereit.

die frau will wissen was es ist.
ich sage daß es mich allein betrifft.

2

sie kommt am bahnhof an
und schüttelt mir die hand.

ich führ sie ins hotel.
dann laß ich sie allein.

der frau sag ich bei tisch:
ich komm jetzt öfters nicht.

die frau wird garnicht fahl.
sie ist gewöhnt an dieses jammertal.

3

ich schenk dem englandmädchen ein.
dem englandmädchen schmeckt der wein.

sie fragt mich wie es geht.
ich frag sie wie es geht.

sie fragt mich nach zuhaus.
ich sag ich zieh bald aus.

sie wüßte gern warum.
ich sag: aus diesem und aus jenem jedem grund.

dem englandmädchen schmeckt der wein.
ich schenk dem englandmädchen ein.

sie fragt mich ob es stimmt
daß schon die uhr die bahn auf zwölfe nimmt.

ich sage daß dies sei.
sie sagt die zeit sei wirklich einerlei.

ich sage daß mich dieses freu
und ob sie nicht für diese nacht zu haben sei.

sie sagt: ich will nur einen mann
den ich für alle zeit behalten kann.

sie weist dabei auf ihre königin;
die sei ein vorbild jeder landsmännin.

ich frag nicht weiter, schenk mir ein.
jetzt schmeckt er mir, jetzt schmeckt er mir, der wein.

4

ich bring sie auf die bahn.
sie gibt mir dank und gruß.

ich nehme ihren gruß
den dank weis ich zurück.

der zug macht einen ruck.
steig ein, er fährt gleich fort.

sie wirft um mich die arm
wie einst an jenem englandort.

5

dann bin ich wieder dort
wohin ich nicht gehör.

die frau schaut bitter auf
und bittet um gehör.

demütig hör ich hin
vernehme wort um wort

und höre wie ein zug
nach fernem england rollt.

übersuchung eines paares

formgeber er: ihres daseins mieder,
straffer der schlaffbrust, fettsteißes bändiger,
beiderbeins venenzähmende bandagenschlange,
ihres daseins mieder: formgeber er.

unterkunft sie: seines soseins schlupfnest,
schutzbunker gegen gellendes, angstmolches kühlmulde,
klappernden schiffbrüchlings mundlicher walfischbauch,
schlupfnest seines soseins: unterkunft sie.

ameisig übersucht vom tausendblick welt,
unter wäldergeknurr, umschottert von straßenpranken,
angefressen vom abendrost, wölben sich beide um beide,
früchten und kernen, häuten und verschalen.

schiffbruch

wir trieben hin und her
auf dem gewellten meer

in großer angst und not
in unserm kleinen boot

ich sah nur dein gesicht
die küste sah ich nicht

die küste war nicht nah
doch dein gesicht war immer da

dann fischten sie uns auf
und schafften uns an land

an land hob ich die hand
und herrschte grimmig: lauf

lauf zu und komm mir nicht
nie wieder in den weg

das land ist mir ein fest
doch dein gesicht ist mir verhaßt

ledige mutter

beim begegnen blickt
eisig wer sie kennt
heuer ist für sie
etwas früh advent

nackt und pfeilgespickt
fährt sie dann das kind
ohne mann und ring
durch den schnatterpark

endlich macht sie sich
glatt wie boxhandschuh
und es nickt ihr zu
was erst starr geblickt hat

weltgebräuche

heller himmel
in diesem abgrund

auf lippen schweben
auf grauen haaren

ein fremder zweig
ohne gärtners hilfe

donnernde posaunen
mit tränendem gesicht

vor damals

zwei, die einander alles bedeuten.
alles, was ist das?
alles, das ist die welt.
und was ist die welt?
zwei, die einander alles bedeuten.
heute wie gestern wie damals.
und alle jahre seit damals
als sie einander dazu bestimmten
einander alles zu bedeuten.
und am tag vor damals?
und in den jahren vor damals?
was hatte vor damals bedeutung
ohne diese kannibalische liebe?

spiel und verfolgung

wenn sie ihn nicht gut
verfolgen kann
weil sie nebeneinander
durch die straßen schreiten
oder einander gegenüber
ein verkehrsmittel oder speisehaus benützen
verfolgt sie
seine blicke.
seit er das bemerkt hat
sind es nicht mehr die nächstliegenden objekte
männlicher betrachtung
worauf er seine blicke wirft
während sie nebeneinander
oder einander gegenüber
das beisammensein genießen
sondern alles was möglichst komplizierte
kopfwendungen bedeutet
wenn sie seine blicke verfolgt.

festhaltefreuden

polstern das frauliche betthalb.

.....

aus dem nachmittagseck im gestohlenen kaffeehaus
scharf blickt die zufallsbekanntschaft
durch das zebra der rauchschwaden,
sieht den entsprungenen sträflingsstreif.

wenn aus dem banknotenbündel der liebe
er sich dorthin geblättert hat
wo sein herd und sein herbst ist
entrutschen seinen hochgekrempelten worten
knie, die nach küchenfliesen genormt sind.

das hundelvieh

für friederike mayröcker

gar traurig geht das hundelvieh
auf einer zeh und einem knie

–

verloren leckt das hundelvieh
am roten fleck der masturbie

–

zerbrechlich ist das hundelvieh
drum wirf es aus dem fenster nie

–

nach lorbeer lechzt das hundelvieh
und preßt die hohe stirn ans knie

–

sehnsucht erfaßt das hundelvieh
nach menschenstimme oft doch nie

–

ich schlafe mit dem hundelvieh
nicht immer sondern da und hie

–

unruhig begießt das hundelvieh
ein knisterndes laternenknie

–

endlich verwächst dem hundelvieh
zu gleichem stumpf das er und sie

–

nach frieden lechzt das hundelvieh
doch ohne gott findt es ihn nie

a love-story, dringend

d dr dri drin ring inge ngen gend end nd d

arie

wohinbi stduw ohi n
bi stdu
wohinbi st
duw ohi n
bi st
du
wohinb istd uwoh in
b istd u
wohinb ist
d uwoh in
b ist
d u
wohin bis tduwo hin
bis tdu
wohin bis t
duwo hin
bis t
du
wohi nb istduw ohin
b istdu
wohi nb ist
duw ohin
b ist
du
woh inbis tdu wohin
bis tdu

woh inbis t
du wohin
bis t
du
wo hinb istd uwohin
b istd u
wo hinb ist
d uwohin
b ist
d u
w ohi nbist duwohin
bist du
w ohi nbist
duwohin
bist
du

conditional

if himmie stands
can we powder

c----------h
c----------h
i c----------h
i c----------h
d i c----------h
d i c----------h
c-----h d i c----------h
c-----h d i c----------h
i c----------h
i c----------h
c-------------------h

sehnsucht

www l l l l l
www l l l l l
www l l l l l
l l l w
l l l w
l l l w
l o l l owo
l l l l l l l w
l l l l l l l w
l l l l l l l w
: b
b :
l o l l owo
b :
: b
www l l l l l
www l l l l l
l l l l l l l wwwwwww

mal franz mal anna (drama)

(akt)
anna an franz:
    anbrannt
franz an anna:
    fasttag

(akt)
anna an franz:
    hals kalt
franz an anna:
    schal

(akt)
anna an franz:
    bald alt
franz an anna:
    warts ab

(akt)
anna:
    [kratzt ab]
franz:
    schad

P h a l l u s

klebt   allus

(werbetext)

schmerz durch reibung

f r a u
f r f r a u a u
f r f r f r a u a u a u
f r f r f r f r a u a u a u a u
f r f r f r f r f r a u a u a u a u a u
f r f r f r f r f r f r a u a u a u a u a u a u
f r f r f r f r f r f r f r a u a u a u a u a u a u a u
f r f r f r f r f r f r f r f r a u a u a u a u a u a u a u a u

porträt eines mädchens

blond

b l l l l l l l l l l l l l l l l l l l l l l l l l l l l l l l l l l l l l l l

auäugig

s
/
/
/
/
/
/
/
s
/
/
/
/
s
/
/
s
/
ssssss

irene

der hauch

mir gefallen
mir gefallen sie auch
die sterne die sterne
der bauch
der hügel die haare die haut
der duft der luft
aus deinem in meinen
appetit

zwei bräute : ein deutsches denkmal

goethe:

komm und stirne mich mein kind
denn ich habe viele stellen
unter denen keine sind
die nicht aus dem herzen quellen

schiller:

komm und herze mich mein kind
denn ich habe viele stellen
unter denen keine sind
die nicht aus der stirne quellen

feeling
rohling
darling
frühling

ja ja
ja ja
ja ja
ja ja
ja
ja ja
ja ja
ja ja
ja ja

»der kuss«

gute nacht gedicht

(gehaucht)

s————————————————————
s——————————c——————————h
hü———————————————————
u————————————————————
o————————————————————
a————————————————————
i————————————————————
(i)s——————————c——————————h
s————————————————————
hu———————————————————
(u)s——————————c——————————h
f————————————————————
b–b–b–b–b–b–b–b–b–b–b–b–b–b–b–b
bs———————————————————

für friederike mayröcker

schwarze dinge

die nacht ist schwarz.
ihre laden enthalten
schwarze dinge.
das verlangen ist groß.

einmal herausziehen
diese schwarzen laden
und ihren schwarzen
inhalt befühlen.

um berauschendes
zu befühlen.
um sich an befühltem
zu berauschen.

lieben wissen

auffen und unten
ein lieben pressen
wessen wissen
machen lieben neu

keins eines wissen
machen neu lieben
auffen und unten
pressen sein es blieben

kühlschrank

er onaniert
ununterbrochen.
es zittert das ganze haus.

abhilfe:
man schleicht sich an,
reißt die tür auf
– sofort
hört er auf.
man schlägt die tür zu;
einige zeit bleibt ruh.

nacheinander

wieder haben wir miteinander gegessen
wieder sind wir beieinander gesessen
wieder sind wir auseinander gegangen
wieder haben wir nacheinander
kein verlangen

dann aus liebe

im gegensatz zur absicht
die zum erwerb des gerätes geführt hat
dann aus liebe
zu dieser pistole (diesem revolver)
am leben bleiben.
(der strick, tabletten
erscheinen in dieser hinsicht verläßlicher.)

im bett, beim erwachen

ein stückchen schwarzer wolle – nein
eine fliege, daneben
ein zartes bein.

die morgenfeier, 8. sept. 1977

für friederike mayröcker

einen fliegen finden ich in betten
ach, der morgen sein so schön erglüht
wollten sich zu menschens wärmen retten
sein aber kommen unter ein schlafwalzen
finden auf den linnen ich kein flecken
losgerissen nur ein zartes bein
und die andern beinen und die flügeln
fest an diesen schwarzen dings gepreßt
der sich nichts mehr um sich selbst bemüht
ach, der morgen sein so schön erglüht

eins

gemeinsamen
gemeinsame
gemeinsam
gemein
mein
ein
einsam
einsame
einsamen
samen
amen
eins

augenspiel

wenn meinen blicken ich stecken in deinen augen
passer-by passer-by
du gleich suchen ein dingen auf boden
warummen? warummen?
sein ich ein graben? ein stoßenstein?
sein ich ein münzen?
oder wenn du sein einen hübschigen
wiener girl wiener girl
und ich mit mein augen dich tupfen
passer-by wiener girl
du gleich suchen ein dingen auf himmeln
warummen? warummen?
sein ich ein ein ballonen? ein fliegern?
sein ich ein sternen?

paar, über 50

daß nur noch eines von beiden
eine weitere lebensphase wird haben
müssen
und sie noch lange nicht kommen
und kurz sein
möge

von frauen

nichts können sein besseren einen mann denn onaniste,
der lassen
allein denen frauen ihneren stinkenen futten,
der lassen ihn
ihneren emanzipationen, ihneren rühren-nicht-an-mich-
brusten;
der ihneren bauchen keinen einfüllen einen brut, denen
der frauen
dann rausscheißen in geburten und sich ankleben mann
seinen lebenlang
und der roboten für frauen und brut hören ihnen
schreienen: nix
gut du nix gut, und immer dann trockenwischen er
den geschwollenen
blauenroten wangen an denen heuligen, denen außen
posaunenen
daß es sein einen rechtenlosen verquäligsten
unterdrückenen
bis pressen er sein lippen auf den hand denen sauen.

nach altem brauch

keiner schließlich
hat es gewollt

jeder schließlich
hat es getan

das hört sich an wie lüge
und ist es auch

von ziegen

der fuß hat mich in dreck gestiegen
bin bis zun knien mit kacke voll
und darf nun dir aufs bett beiliegen
ohne zu waschen – einfach toll

das ist der sieg von großen lieben
worüber sich noch manches wort verlieren ließe
wenn es nicht immer lauter in mir hieße
wo bleibt denn die hygiene? sind wir ziegen?

von bank in belvedere

steht da in gras ein amsel
da nähern sich das amselbock
von sankt elisabeth das clock
irgendwann machen gong gong

dies rühren nicht das amselpaar
besser zu sagen das amselzwei
denn zwischen ihnen das distanz
schon überwunden noch nicht sei

sie zweifellos ihn merken
und das amselbock ebenso sie
und er ein paar schritten jetzt machen
und sehr gespannt sein das sein sie

dann er machen den fortflug hops
haben gesehen von das amsel genug
und ich zu amselbock sagen brav mann
du haben wie ich es hätten getan

denn ein nähern sein ein sich ängsten
doch ein fliehen ein sich ermutigen sei
so ich hassen den längsten lebensteil mein
und den blutigen sonnenschein ich fliehen

mann

wenn du nicht zu viel
von ihm verlangst
den du da
in der hose trägst
wird dir vielleicht dein leben
garnicht so kümmerlich erscheinen
du wolltest ja wieder
der werden der
vor jeder briefmarkenhandlung
die zeit vergessen konnte
und die mutter mit dem mittagessen
aber vielleicht ist die
notwendig dafür
und sie ist dir ersatzlos
verloren gegangen

beschreibung eines gedichtes

bei geschlossenen lippen
ohne bewegung in mund und kehle
jedes einatmen und ausatmen
mit dem satz begleiten
langsam und ohne stimme gedacht
ich liebe dich
so daß jedes einziehen der luft durch die nase
sich deckt mit diesem satz
jedes ausstoßen der luft durch die nase
und das ruhige sich heben
und senken der brust

wärme

mir ist so kalt
ich weiß sie friert so leicht
mir ist ganz warm
verdammt so frier doch nicht
ich bin ihr glück
seit 25 jahren
sie tief geschwärzt
ich kurz geschoren

schleim

zwang sein nach zehn
an heutigen morgen sonnenschein
sonntag 15 juli sieben neun
machen einmal knacksen ein
das telefon und werden gleich es läuten
und daß du das werden sein
von puchen bergen an den schnee-en bergen
wo dein mutter du trösten sein
du gut-gutes tochter du
aber nicht vergessen mich
wissen zwanzig nach zehn sicherlich
du nicht mehr werden wecken mich
sondern ich schon aufsein
aber kommen läuten kein
also sitzen da bleiben ich schleim
alles gleich aufschreiben
ausführlich sein

die engel

kaum war dein stimm verklungen
begann ich mit dem schweren wein
der hüllet mich ein
und fällt mir ein paar worte ein
zwischen dem wimmern und dem schreien
die will ich festhalten
bis zum wortlosen singen der alten
zu denen ich gehöre
solang ich sie nicht störe
durch empörendes verhalten
und den schönen alten mann
an den ich nicht herankann
halten aufrecht die starken engel

werbetext

den glanz der impotenz
ein hartes herz, dazu
ein paar humanic-schuhe

die kühe

ein wenig liebesersatz mein schatz
und schon kommen herangeschwommen die gedichte
über das bleiche blatt die biegsame eckige hostie DIN A 4
schwebend auf den zungen der verdorrten
dichter aller christlichen nationen
eingespannt in den leichenwagen meiner schreibmaschine
während eine nach der anderen die tretminen explodieren
unter den hufen der kühe, angetrieben von
                                        den amerikanern
in unsere richtung, worauf wir
endlich wieder fleisch in unserem essen verspüren

was das gedicht spricht

es mußt nicht du
vorhanden sein darin
damit ich ein gedicht
von dir geschrieben bin

du bliebst besser aus
kämst nicht in mein haus
schicktest herein ein bild
wiesengrün und felsenwild

auch ein kuhbehagen
kannst du hier eintragen
ich will es verbreiten
auf schneeweißen seiten

toast

und wenn sie ihn küßt
dann wird sie eben
auch whiskey küssen

und wenn sie ihn nicht küßt
dann wird er eben
ohne kuß trinken

der mann weint

ein junge weint nicht!
erst der mann soll weinen
wenn er um sich blickt
und die immer noch ihn liebende
gefährtin, ihm mut zu machen
spricht: das ist *dein* werk!
der mann weint.

die trennung

als schlüge
auf mich mein herz, als schlüge
es ein auf mich. die trennung
benötigt eine peinigung oder
eine befreiung. sonst es
nicht trennung war, nur
auseinander ohne
ineinander.

zwei erscheinungen

ich werde dir erscheinen
wie stets ich erschienen dir bin
und du wirst weinen
denn ich bin dahin

und du wirst mir erscheinen
wie stets du erschienen mir bist
und ich werde weinen
weil zwischen uns beiden
zu sagen nichts mehr ist

älterndes paar
ein oratorium

»du alter arsch«, sagt sie
»du wirklich alter arsch«
  sie hatten sich geliebt wie vordem nie
  zwei menschen einander geliebt hatten
»du alter arsch«, sagt sie
»du wirklich alter arsch
total verkalkt dein hirn
total verkalkt«
  sie hatten sich geliebt wie nachdem nie
  zwei menschen einander geliebt hatten
»du alter arsch«, sagt sie
»du wirklich alter arsch
total verkalkt dein hirn
total verkalkt
du schwein dem seine pisse tropft
vom hosenbein und merkt es nicht«
  sie hatten sich geliebt so tief
  ihr leben ist ihr lieben, dachten alle
»du alter arsch«, sagt sie
»du wirklich alter arsch
total verkalkt dein hirn
total verkalkt
du schwein dem seine pisse tropft
vom hosenbein und merkt es nicht
und sitzt im dünnschiß auf der beiselbank
wegrücken alle, ich nur, im gestank, bleib neben ihm«

und hatten sich verliebt so wild im mai
daß keiner der er war, sondern der andre sei
»du alter arsch«, sagt sie
»du wirklich alter arsch
total verkalkt dein hirn
total verkalkt
du schwein dem seine pisse tropft
vom hosenbein und merkt es nicht
und sitzt im dünnschiß auf der beiselbank
wegrücken alle, ich nur, im gestank, bleib neben ihm
schlepp dann durch straßen ihn, den zuber dreck
schmeiß ihn aufs angeschissene doppelbett«
ja, liebe wie sie diese zwei erfaßt
ist haut und fleisch, gehäuse, kern und saft
»du alter arsch«, sagt sie
»du wirklich alter arsch
total verkalkt dein hirn
total verkalkt
du schwein dem seine pisse tropft
vom hosenbein und merkt es nicht
und sitzt im dünnschiß auf der beiselbank
wegrücken alle, ich nur, im gestank, bleib neben ihm
schlepp dann durch straßen ihn, den zuber dreck
schmeiß ihn aufs angeschissene doppelbett
reiß mir vom leib die fetzen und schrei: fick!
fick mich wie einst im mai, bis hin zum doppelschrei«
wir setzen uns mit tränen nieder; flieder-
duft drückend schlägt sich aufs gemüt
»du alter arsch«, sagt sie
»du wirklich alter arsch

total verkalkt dein hirn
total verkalkt
du schwein dem seine pisse tropft
vom hosenbein und merkt es nicht
und sitzt im dünnschiß auf der beiselbank
wegrücken alle, ich nur, im gestank, bleib neben ihm
schlepp dann durch straßen ihn, den zuber dreck
schmeiß ihn aufs angeschissene doppelbett
reiß mir vom leib die fetzen und schrei: fick!
fick mich wie einst im mai, bis hin zum doppelschrei
reiß ihm die hosen auf, er steht ihm nicht
steck ihn mir bis zur gurgel ins gesicht«
    ach scheiße, wie die liebe oft sich zeigt
    wir hatten so gehofft, daß sich der tag nie neigt
»du alter arsch«, sagt sie
»du wirklich alter arsch
total verkalkt dein hirn
total verkalkt
du schwein dem seine pisse tropft
vom hosenbein und merkt es nicht
und sitzt im dünnschiß auf der beiselbank
wegrücken alle, ich nur, im gestank, bleib neben ihm
schlepp dann durch straßen ihn, den zuber dreck
schmeiß ihn aufs angeschissene doppelbett
reiß mir vom leib die fetzen und schrei: fick!
fick mich wie einst im mai, bis hin zum doppelschrei
reiß ihm die hosen auf, er steht ihm nicht
steck ihn mir bis zur gurgel ins gesicht
bring ihn, bei halber erektion, zum spritzen
ersticke fast an solchen schicksals witzen«

heldin der liebe du, wir lieben dich
wenn er nicht wär, schmücktest du straßenstrich
»du alter arsch«, sagt sie
»du wirklich alter arsch
total verkalkt dein hirn
total verkalkt, banause!
du schwein dem seine pisse tropft
vom hosenbein und merkt es nicht
und sitzt im dünnschiß auf der kirchenbank
wegrücken alle, ich nur, im gestank, bleib neben ihm
schlepp ihn dann durch das mittelschiff zur kommunion
drück ihn ins knie, wo er den mund aufreißt
die hostie vom finger des geweihten beißt
zieh ihn dann heimwärts, diesen zuber dreck
drin jetzt ein goldenes licht vom himmel steckt
schmeiß ihn aufs schwarzgeschissene doppelbett
entblöße meinen leib und schrei: fick mich
wie du es immer tust, seit zwanzig zähen jahren
mir nie mehr in die fut, stets in den mund zu fahren
reiß ihm die hosen auf, ziehe sein schlaffes ding
mir in den mund, wo an volumen / es wenig nur gewinnt
denke an blumen, die er bringt, der göttliche flaneur, bis fast
erstickt ich bin an seinem jähen samen
obgleich von diesem nur / drei tröpfchen kamen;
er bietet mir, nun meine fut zu lecken
doch wüßt ich nicht, zu welchem zweck«
so sehen wir, mit dick verquollenen lidern
wie liebe sich durch liebe stets erwidert
und auch die älterkeit viel offen läßt
was onanistinnen noch hoffen läßt

möbel

die onanistinnen, so froh und heiter
möbeln an ihren kitzlern weiter;
die onanisten ebenfalls
an schwanz, hoden, arschloch.
es kommt noch in mode
(es war immer in mode)
aber jetzt ganz besonders
als reaktion auf
AIDS

first aid
(erste hilfe)
unaided, single-handed
(ohne AIDS, ohne hilfe)
onanie, mit beistand

hättet ihr auf eure lust verzichtet
nichts an meinen plagen hätte stattgefunden
und ihr wolltet mich sogar erziehen
fortsetzung eurer erzeugungslust

der durch euch entfachte mensch
jeder kann sich als mich und mich als sich bezeichnen
hervorgegangen aus dem vater-und-mutter-spiel
aller vorfahren, deren säbel geschliffen, pistolen geladen
waren
und die stricke gedreht für die hälser ihrer brut
und die heil hitler schrien und das kaiserlied sangen
fahnen schwangen und atombomben ausbrüteten

was kann ich tun für euch, als harten fußes
auf eure gräber treten und drum beten
daß diese kraft, die euch zerstäubt hat
nie wieder aus euch leben, form und geist schafft.

wer unbewegt
nach norden schaut
hat auch im süden
keine braut.
nicht übermüden
soll sich der seemann.
an kühnen sprüchen
fehlt es dem kajütenjungen
nicht.

nackt
nackt
einander berührend
aneinandergepreßt
frauen männer kinder
ich nackt mitten unter ihnen
jedes ich nackt mitten unter ihnen
oh wie habe ich
vorausgejubelt
dieser lust, dieser ungeheuren lust.

daraus ist geworden
ein konzentrationslagerbild
ein gaskammerschnappschuß
die gebliebenen
herauswerfend
aus jeder sehnsucht
nach einer atmenden masse von menschen
liebend lebend liebend lebend liebend
und mit leisem singsang
die sterbenden bettend
auf ihre reise ins nichts

erogene zones

freedom, most women feel
most in their cunts
a bit in assholes, widely public
as anal love
there's feeling in their tits
when nipples stiffen
and in their mouths and tongues and throats
exploring peekers
and by them explored
where there should sperma
when at last emitted
be more effectively been deposited in (...) mouths
than in a sperma

joystick

being male rather than man
i carry in my pants a joystick
that best works in my own right hand
my plaything since the age of two.
once at the age of nine
it shocked me by emitting
a slimy whitish liquid.
sobbing i rushed to where i knew
my parents, giving them a story
of overwhelming urge to pee and inability
to make it to the 100, so my pajamas
had got wetted. exchanging glances, mom and dad
played down the incident. i felt relieved
and dimly saw ahead of me the way
that i have followed this very day.

exercise

once, when more flexible than now
no longer soldier or PW, but student
of philosophy, i managed, not all that rarely
to put the tip of my male thing
between my pouted lips, to suck
as well as lick – it was the greatest pleasure
in my life. yet, the contortions that
this exercise demanded, usually left
my chest in a condition of
moderate pain. at no other time
in my long, glorious life, did i so often
consult herr kenner, long since gone,
specialist of diseases of the lungs,
no x-ray ever showing anything abnormal.

rot sei gott und sein fleisch sei wild
aus zerfetzten häuten hervorquellend
seien seine gelben saugenden augen
tränenkugeln in denen schwimmend
seien die gestirne
einschließlich der erde.
gase seien die seinen mundlöchern
entströmende botschaft,
von haifischgebissen sei durchsetzt
der klumpen seines leibes.
ein sich in sich speiendes sei gott,
eine sich selber fressende blutfontäne,
ein im eigenen hirn steckengebliebenes
zeugungsglied

Von der Liebe jenseits der Oper

Liebe? Das sei große Oper, im Leben aber käme er nicht darauf, von Liebe zu sprechen, sagte Ernst Jandl einmal in einem Gespräch.

An diesen Satz mußte ich denken, als ich mit dieser Gedichtauswahl beschäftigt war. Was Jandl mit diesem Satz gemeint haben könnte, ist mir jedoch, je mehr ich mich mit dem Thema beschäftigt habe, immer unklarer als deutlicher geworden. Meinte er, Liebe käme in seinen Gedichten nicht vor, da es, allein das Wort poetisch betrachtet, zu groß und gleichzeitig zu flach sei? Oder meinte er, große Gefühle und plakative Theatralik hätten in Gedichten keinen Platz und sollten, wenn überhaupt, auf die Opernbühne gebracht werden? Oder wollte er sagen, von Liebe könne, strenggenommen, gar nicht gesprochen werden? Womit er es in seinem Leben zu tun bekommen habe, dürfe mit diesem Wort nicht belegt werden, dafür müßte ein weniger mit hohen Ansprüchen behaftetes Wort gefunden werden?

Lassen wir zunächst einmal Jandls Auffassungen von Literatur ruhen, und wenden wir uns seiner Biographie zu. Obwohl er einen noch nicht näher zu greifenden, aber offenbar doch starken Affekt gegen das Wort Liebe hatte, hielten ihn diese Vorbehalte keineswegs davon ab, Kontakt zu Frauen zu suchen, und wenn sich die Gelegenheit dazu bot, diesen Kontakt auch einzugehen und intensiver werden zu lassen. Er war einmal verheiratet und nach der Auflösung dieser Ehe lebte er über vierzig Jahre bis zu seinem Lebensende mit der Autorin Friederike Mayröcker zusammen. Das ist bemerkenswert, denn Jandl schien zu tiefen und andauernden Gefühlen ebenso in der Lage gewesen zu sein, wie er kürzere und sich heftig äußernde Empfindungen spürte und danach handelte. Das besagt, daß er zu lieben in der Lage war und Liebe auch entgegennehmen konnte – sein Leben auf diesem Gebiet also keineswegs durch eine auffallende Enthaltsamkeit gekennzeichnet war.

Dennoch war und blieb Jandl der Liebe und dem Reden über Liebe gegenüber sehr skeptisch eingestellt. Seine Erfahrungen – oder genauer: wenn er über seine Erfahrungen nachzudenken begann, dann sah er sich nicht ermutigt, dem Wort Liebe eine irgendwie geartete Aussagekraft zuzubilligen. Liebe schien er für etwas Höheres zu halten, möglicherweise sogar grundsätzlich Unerreichbares. Sein Leben vollzog sich in anderen Sphären; von Liebe war dann besser nicht mehr die Rede.

Was aber fing Jandl mit diesem Bündel aus verschiedenen Mutmaßungen, Affekten und Überlegungen beim Schreiben seiner Gedichte an? Bevor wir uns jetzt in unserem allgemeinen und biographischen Nachdenken in immer weitere Höhen hinaufschrauben und Ernst Jandl aus dem Blickfeld verlieren, wenden wir uns konkret seinen Gedichten zu. Mit dem Thema Liebe geht er in seinen Gedichten auch auf eine höchst spezielle Weise um. Das erste und auffälligste: Er schafft Räume, um sich mit diesem Thema zu beschäftigen; auf ganz eigene Weise ausgestaltete Liebesgedicht-Räume.

Eines seiner ersten Gedichte, am 1. Juli 1952 geschrieben, gibt ein klares Bild, wo sich Jandl sieht, wenn von Frauen die Rede ist. Er teilt den Raum in zwei Zonen auf. Es gibt die enge Welt des Käfigs, in der sich der Autor sieht. Und es gibt die sehr viel weitläufigere Welt der Lazarettbaracken, in der sich der Autor nur gelegentlich aufhalten kann.

Diese Raumaufteilung wird in dem Gedicht beiläufig vorgenommen, sie ist aber entscheidend für das Verständnis dessen, was im Gedicht dann geschieht und wovon gesprochen wird. Der Autor ist zwischen den Baracken unterwegs und von diesem Unterwegssein berichtet er deswegen, weil er während einer dieser Gänge ein neues Gefühl verspürte: er »sah (.) zum erstenmal frauen so an / wie der mann frauen ansieht.« (9) Dieses Gefühl in sich zu entdecken macht dem Autor durchaus Vergnügen, eine Enttäuschung bereitet ihm dagegen ein zweites Gefühl, das dem ersten folgt: eine Hemmung. Er registriert, daß er sich den Frauen nicht anbietet, und sagt: »ich, mann«, eine Aussage, von der er fest annimmt, sie würde von den Frauen erwartet werden oder ihn bei Frauen weiterbringen. Anstelle dessen bleibt er unauffällig und wird, nachdem er die Frauen gesehen hat, von einem dritten Gefühl heimgesucht: Er hat eine Gelegenheit ungenutzt verstreichen lassen.

An dieser Stelle gelangt Jandls Raumaufteilung in dem Gedicht zu entscheidender Bedeutung. Er bemerkt nicht nur die verpaßte Chance, regelrecht schmerzhaft wird dieses Erlebnis für ihn, weil er sich in einer Sphäre aufhält, die in keiner Verbindung zu der anderen steht. Sein Ausflug zu den Krankentrakten kommt nicht sehr häufig vor, und deswegen schmerzt ihn die ausgelassene Gelegenheit, und aus diesem Grund muß er einem Versäumnis nachtrauern.

Aber damit hat es noch nicht sein Bewenden. Jandl definiert diesen Lebensraum weiter, und die Vokabel, die die Definition trägt, verleiht dem Raum etwas zusätzlich Unentrinnbares. Dieser Aufenthaltsort wird als Käfig bezeichnet, und zudem wird er noch weiter bevölkert. »Kameraden« halten sich dort auf, und diese »kameraden« »peitschen ihm feuer in die wangen«, lassen ihn also rot werden und sich ertappt fühlen, als hätte er etwas Schändliches getan. Mit ihnen in diesem Raum tritt aber noch eine weitere Veränderung ein: Was Jandl freudig und mit großer Neugierde feststellt, daß ihm Frauen als Frauen auffallen und gefallen, verliert, zurück im Käfig, seine Leichtigkeit. Ihm wird die Freude an seinen neuen Gefühlen verdorben.

Damit haben wir einige Konstanten in Jandls Liebesgedichten bereits herausgearbeitet: Es geht um ungeschehen Gebliebenes. Liebe wäre möglich, aber an jeweils anderen Orten. Die wachgerufenen Gefühle unterliegen selber eigenen Veränderungen. Aus Freude wird Scham gegenüber anderen, wenn er sich rechtfertigen muß. Darauf folgt Mutlosigkeit und auf die Mutlosigkeit neuer Ärger. Daß sich Jandl von der Liebe und vom Schreiben von Liebesgedichten fernhalten würde, kann man sicher verneinen. Allerdings verzweigen sich seine Liebesgedichte, kaum daß sie einsetzen, in teilweise höllische Komplikationen, und was als Liebesgedicht gedacht war, wird in eine gewisse Sachlichkeit überführt und ist als Liebesgedicht gelegentlich kaum noch zu erkennen.

In der vorliegenden Auswahl können dafür viele Beispiele gefunden werden. Das Gedicht »hundegespann« läßt sich als Hymne auf ein Paar lesen, das auf explosive Weise auseinanderstrebt. Der Raum spielt hier in seiner Weite eine wichtige Rolle: Es ist derart viel Platz vorhanden, daß zwei Menschen, wenn sie sich zielstrebig voneinander entfernen, nicht unter der Angst leiden müssen, sie könnten sich nicht dauerhaft aus den Augen verlieren. Oder im Gedicht »ihre welt«: Hier bildet Jandl erneut eine kleine, in sich abgeschlossene Welt und eine große, weite ab. Die eine wird von einer Frau bewohnt, die andere von einem Mann, und in dem, wie diese beiden Sphären in ihren Größenverhältnissen zueinander stehen, wird ein grobes Herrschaftsverhältnis etabliert: Die Frau steckt ein, der Mann teilt aus.

Auch wenn Jandl von etwas Freudigem berichtet, schlägt er einen sachlichen Ton an. Passend zu seinen Raumkonstruktionen könnte man sagen, Jandl schreibt, wie ein Geologe denkt. Er beschreibt exakt und mit selektivem Blick für das Wesentliche eine in einem leeren Raum geronnene Bewegungstopographie: »Eine rechte Hand / in einer rechten Hand / ...« In diesem Gedicht verzichtet Jandl ganz darauf, den Raum mit einer Welt außerhalb dieses Raums zu konfrontieren. Er schildert, welche Positionen ein Paar zueinander einnimmt und an welche Orte es gestellt worden ist. Daß es sich dabei um ein Hochzeitsgedicht handelt, könnte dabei glatt übersehen werden. Mit der landläufigen Vorstellung von Hochzeit – und darin liegt die Pointe dieses Gedichts – wollen diese starren und unbelebten Verhältnisse in Jandls Gedicht in eine allenfalls negative Verbindung gebracht werden.

Die Räume in Jandls Gedichten können noch auf eine andere Weise verteilt sein, auf einen inneren und einen äußeren Bereich. In »weißheit« kann diese Raumaufteilung beobachtet werden. In diesem Gedicht beginnt sich noch etwas anderes zu regen. Das Innenleben kommt richtig in Schwung. Eine »komplizin« wird gebeten, »die steile wiese aus dem mai tief genug (zu) vergraben« – und in diesem Gedicht kippt die Stimmung und bekommt eine neue Qualität: Zwar baut Jandl nach wie vor das Gedicht aus dem Umgang mit Räumen und deren emotional zurückhaltender Beschreibung auf, in diesem Gedicht ist aber so etwas wie Intimität zu spüren. Diese Intimität muß zwar unterdrückt werden, an dem Ausmaß der dazu nötigen Aktion (eine ganze Wiese soll unsichtbar gemacht werden!) läßt sich ablesen, wie intensiv diese Intimität gewesen sein muß.

Diese neue Art zu schreiben findet ihren Höhepunkt in dem Gedicht »liegen, bei dir«. Ich möchte nicht weiter auf die Raumdualität verweisen, die in diesem Gedicht allerdings in höchster Vollendung zu beobachten ist. Jandl schreibt von etwas, das an einem anderen Ort stattfindet als an dem, an dem er sich gewöhnlich aufhält: seinem Ort. An diesem anderen Ort findet er, plakativ ausgedrückt, sein Glück – und nur an diesem Ort. Wieder beschreibt er exakt die Konstellationen, die er vorfindet: »ich liege bei dir. deine arme / halten mich. deine arme / halten mehr als ich bin.« Nämlich diesen Mann plus das Glück, das er empfindet, wenn er sich in dieser Umarmung befindet, und das ihn wieder verläßt, wenn er sich löst und an den Ort zurückkehren muß, von dem er aufgebrochen ist. Dort ist er nämlich genau der, der er ist: ein Mann, den keine Arme umfangen: nur ein Mann – ohne Glück.

In der Beschreibung dieses sehr schönen Augenblicks für Jandl haben wir einen weiteren Baustein seiner Liebesgedichte gefunden. Liebe ist etwas, das dort, wo Jandl sich größtenteils aufhält, nur als Fiktion vorkommt. Sie ist entweder als Erinnerung präsent oder zeichnet sich als eine Möglichkeit ab oder muß als eine vereitelte Chance angesehen werden – auf jeden Fall ist Liebe, wenn der Autor mit sich alleine ist, nur als etwas nicht Vorhandenes vorstellbar. Dies macht den Umgang mit dieser Thematik brisant und schmerzhaft, weil Jandl, wenn er darauf zu sprechen kommt, es bestenfalls mit verlöschenden Gefühlen zu tun hat – und das, obwohl Liebe nach Dauer strebt.

Fröhliche Sexualität

In späteren Jahren können Jandls Liebesgedichte, ohne daß damit ihr eben skizzierter Grundtenor zum Verstummen gebracht würde, auch etwas Ausgelassenes annehmen. Wenn Jandl in der richtigen Stimmung ist, kann er durchaus von einer Liebe zu einem banalen Glas sprechen und dabei in gespielte Lyrismen verfallen: »blume bist du in meiner hand.« Da wird in einem knappen Gedicht ein sexueller Akt in seiner doppelten Dimension von emotionalem Glück und körperlicher Befriedigung auf direkte Weise abgebildet. (Daß Jandl in diesen Gedichten besonders effizient seinen literarischen Grundüberlegungen Geltung verschafft, wonach Gedichte konkret sein sollen, darauf sei wenigstens einmal hingewiesen worden.) Wie ökonomisch er mit Sprache in diesen Gedichten umzugehen vermag, verdient Hochachtung. Eine kleine Lautverschiebung bei dem Wort ›Glück‹ genügt, und schon hat er die beiden Vorgänge in einem gefaßt: »glick«. Einem anderen Aspekt beim Liebesspiel kommt Jandl dadurch nahe, daß er ausschließlich das Wort ›frau‹ verwendet. Er zerlegt dieses Wort in zwei Bestandteile und in der Wiederholung der beiden Bestandteile kann er sehr einleuchtend eine komplette Aktion abbilden. Daß er dabei auch zu einem graphisch befriedigenden Ergebnis gelangt und eine Pyramide entsteht, darf nicht als ein beiläufiges Nebenprodukt seiner Anstrengungen angesehen werden. Mit dieser Verteilung der Buchstabenfolgen auf der Seite, kann er besonders wirkungsvoll den Eindruck erzeugen, daß seine Buchstaben- und Lautfolge als formal absichtsvoll gebautes Gedicht anzusehen ist. Bei Gedichten, die auf die traditionellen Signale wie Reim oder andere Markierungen von Zeilenenden verzichten und bei denen auch die Zeilenlänge durch keine semantisch eindeutigen Signale markiert wird, ist das kein geringer Gewinn.

In dieser mittleren Phase von Jandls Schaffen (grob gesprochen handelt es sich dabei um Gedichte aus der Zeit zwischen den endfünfziger Jahren bis Anfang der siebziger Jahre des letzten Jahrhunderts) kann er mit einer guten Sorglosigkeit schreiben. Die Frage, ob sich das, was sich ihm an Material bietet, mit Vorstellungen von Liebe messen lassen kann, spielt eine untergeordnete Rolle. Der Freude am Umgang mit einem stark sexualisierten Material kommt das sehr zugute. Jandl kann direkt sein, unverblümt und dabei seinen Witz entfalten, der diese Gedichte vom platt Obszönen wegrückt und sie auf eine gutverträgliche Weise anzüglich und zugleich zu ernsthaften Sprachkunstwerken macht. Dabei kann er zu verspielter Hochform auflaufen. In »chanson« macht er sich noch einen Spaß mit den unordentlich geführten Vokabelheften seiner Schüler, indem er die Wörter und ihre Äquivalente in der anderen Sprache zum Tanzen gegeneinander verschiebt. Hier geht es um Liebe zur Sprache, in anderen Gedichten verharrt er weitaus weniger im Sprachvernarrten.

Ganz mag sich Jandl auch in diesen Gedichten nicht von seinem Raummodell trennen. Im Unterschied zu den frühen Gedichten füllt er die Räume jetzt mit spielerischen Bedeutungen an. In »calypso« kann der Autor sich einen sprachverbiegenden Spaß daraus machen, daß ihn die Neugier, wie wohl die Frauen in Brasilien sein könnten, umtreibt. Dieses »ganz andere« interessiert ihn, ohne sich von dem Gewicht, das in der Formulierung vom anderen liegt, erdrücken zu lassen.

Ein regelrechtes Konstrukt entwirft er dabei im Gedicht »der kuss«. Er setzt sein Vertrauen ganz in eine einfache graphische Anordnung des Zweibuchstabenwortes ›ja‹. In der Mitte treffen sich die beiden Wortsäulen und beschreiben einen Moment der Ausnahme. Ihre voneinander getrennte Existenz ist für einen Augenblick durchbrochen und bleibt auch nur für diesen Moment aufgehoben. Daran, daß sie nebeneinander bestehen und keine weiteren Möglichkeiten einer Annäherung sehen, ändert sich durch das einmalige Verschmelzen nichts Grundsätzliches. Nach dieser Begegnung verlaufen die Säulen in ihrer parallelen Unerreichbarkeit weiter.

Oder im Gedicht »sehnsucht«, einem der schönsten Gedichte von Ernst Jandl. Wieder ist der Einsatz an Sprachmaterial minimal, das Ergebnis überragt aber das sprachliche Aufgebot um Längen. Ein ›ich‹ wächst zu einem ›dich‹ hinüber, und in dieser Transformation eines Wortes in ein anderes findet der Sehnende zu einer Einheit mit seiner Sehnsucht. Auch dies stellt im Grunde eine Ausnahme dar. Selten und möglicherweise nur in diesem Gedicht wird er zu einer derart großen Nähe zu seinen Empfindungen gelangt sein und störende Nebenempfindungen ausgeschlossen haben können. Das ist ein rundherum glücklicher Augenblick, auch wenn der Autor der geliebten Frau noch nicht nähergekommen ist.

Haß, Liebe

Jandls Gedichte durchzieht auch ein dunkler Gefühlsstrom. Es gibt seltsam verhangene Gedichte, in denen er von einer Sexualität spricht, die in Bordellen praktiziert wird oder in die junge Mädchen verwickelt werden und mit Macht und Gewalt zu tun haben. Diese Gedichte bilden eine eigene, nicht häufig, aber gelegentlich auftretende Spezies in Jandls Werk.

In vielen Gedichten, die er ab den späten 1970er Jahren geschrieben hat, macht sich aber eine andere, ebenfalls zum Finsteren tendierende Eigenart bemerkbar. Es entstehen Gedichte mit ihm als unangefochtener, aber in tiefem Widerstreit mit sich liegender Hauptfigur.

In gewissem Sinn kann man sagen, er kehrt in diesen Gedichten an die Anfänge seines Schreibens zurück. Jandl schreibt jetzt zwar radikaler, und er läßt in seine Gedichte auch die Schreiberfahrung im Umgang mit formalen Eigengesetzmäßigkeiten einfließen, die er in den langen Jahren seiner Arbeit an Gedichten bis dahin gesammelt hat. Er ist über die Jahre lockerer im Umgang mit der Form geworden. Aber vom Grundsatz her schreibt er wieder, wie er das getan hat, als er in den frühen 1950er Jahren mit dem Schreiben begonnen hat.

Was ist damit gemeint? In seinen ersten Gedichten hat Jandl mit autobiographischem Material gearbeitet. Wenn man diese Gedichte genau auf ihre Stoffe hin liest und sich in Jandls Biographie etwas besser auskennt, lassen sich die Lebenssituationen erkennen, die Jandl jeweils aufgegriffen hat. Bei dem Gedicht »erwachen im käfig« muß man noch nicht einmal näher über Jandls Biographie Bescheid wissen, um zu erkennen, wovon er spricht: Seinem Aufenthalt in einem Kriegsgefangenenlager. Schwieriger wird das bei den anderen Gedichten. Im Heiratsgedicht dürften Erlebnisse aufgegriffen worden sein, die für Jandl mit seiner ersten und einzigen Heirat verbunden waren. In dem Gedicht, in dem Jandl die »maiwiesen« in tiefergelegene Regionen verlagern möchte, wird es sich um eine Begegnung mit Friederike Mayröcker gehandelt haben, die er aufgreift. Und in dem von einer gefühlsmäßig direkt ausgesprochenen Stimmung getragenen Gedicht »liegen, bei dir« wird sich Jandl ebenfalls auf Begegnungen mit Friederike Mayröcker bezogen haben.

Allerdings ist diese Kenntnis dieser biographischen Zusammenhänge für das Verständnis dieser Gedichte vollkommen unerheblich. Überhaupt: Die Gedichte zählen ausschließlich als Gedichte – das ist bei den späten Gedichten auch nicht anders, gleichgültig ob Jandl seine Biographie in seine Verse hineinarbeitet oder ob er Stoffe aus anderen Quellen bezieht. Dennoch gibt es in der Art, wie seine Gedichte beschaffen sind, einen Unterschied. In den frühen Gedichten ist die Herkunft des Materials nicht weiter von Bedeutung. In den Gedichten ab Ende der 1970er Jahre verändert sich das. Das autobiographische Element tritt als autobiographisches Element absichtsvoll in den Vordergrund. Es ist ein Element ihrer Stilisierung: Der Autor stellt sich erkennbar aus. Er macht sich zu einem Bestandteil des Gedichts und hat nicht nur nichts dagegen, als Ernst Jandl identifizierbar zu sein. Er will erkennbar sein. – In gewissem Sinn poetisiert Jandl seine Biographie. Das ist keine kleine Veränderung und darf nicht mit Vorstellungen in Verbindung gebracht werden, Jandl wolle sein Leben durch die Poesie zu etwas Wertvollerem machen. Bei Jandl steckt die umgekehrte Absicht hinter dieser Operation. Er will seinen Gedichten nicht eine Leichtigkeit geben, für die er in seinem Leben keine Basis ausmachen kann. Jandl ging einen Weg, vor dem viele Autoren zurückschreckten und sich lieber – stilisiert – in die Literatur zurückgezogen haben. Er »verbiographisierte« seine Gedichte und verlieh ihnen damit zusätzliche Härte und Brisanz.

Greifen wir beispielsweise die beiden Gedichte »von ziegen« und »von frauen« als exemplarische Werke aus dieser Schaffensphase des Autors heraus, dann zeichnet sich noch eine weitere gravierende Veränderung ab. Der duale Liebesraum in den Gedichten ist zusammengebrochen, und Jandl hält sich in seiner Rückzugszone auf. Diese Zone bevölkert er die meiste Zeit nur mit sich, und Jandl begegnet dort in der Hauptsache sich selber. Das sind nicht minder leidenschaftliche Treffen, allerdings werden hier entweder Mißgeschicke (»von ziegen«) als Ausdruck schwieriger Lebenssituationen gefeiert oder Unerreichbares (»von frauen«) zelebriert. Daß Frauen auf ihn reagieren könnten, kann sich der Autor zwar mittlerweile vorstellen, er lebt aber in einem monadisch geschlossenen Raum, den er nicht mehr verlassen kann und es auch nicht mehr will. Allerdings macht er in seinen Gedichten der Welt den Prozeß dafür, daß er derart zurückgezogen leben muß und die verschiedensten Ersatzbefriedigungen ihm ein bescheidenes Leben erlauben.

Dennoch, ganz einsam ist Jandl nicht, gelegentlich bekommt er Besuch in seiner Zelle, und eine Frau teilt das Leben dort mit ihm. Hymnisch werden die Krankheiten, unter denen jeweils einer von ihnen leidet, besungen: Mit »meine gastritis und deine spondylose« setzt das Gedicht »zimmergedanken an die vergänglichkeit« ein und findet in einem Gedicht wie »älterndes paar. ein oratorium« seinen Höhepunkt. Hier wird wiedergegeben, was die Frau von dem Mann hält, mit dem sie zusammen ist, und dies wird in einer Unverblümtheit ausgesprochen, daß der Leser zunächst nur schwer glauben kann, es hier mit einem Liebespaar zu tun zu haben. Dieses Gedicht mag auf seiner Oberfläche wie eine Abrechnung angelegt sein. Von tieferliegenden Bedeutungsschichten aus betrachtet, ist es aber als Konfession eines Paars zu lesen, das sich in seinen Zerrüttungen wahrnimmt und dessen Liebe in der Offenheit nachklingt, mit der sie diese Zerrüttungen an sich und an dem Gegenüber wahrnehmen.

In diesen Gedichten hat sich aber noch einiges an Wichtigem verändert. Die Schamgrenze ist deutlich gesunken, und Liebe und Haß gehen teilweise kaum noch zu unterscheidende Verbindungen miteinander ein. Im ersten Gedicht dieses Bandes wurden die »kameraden« noch als eine Zumutung erlebt, weil sie mitbekommen hatten, welche Gefühle bei ihrem unerfahrenen Mitgefangenen zu wachsen begannen. Er hat sich geschämt und seine »kameraden« dafür gehaßt, daß sie ihn mit seinen neuen Empfindungen nicht in Ruhe gelassen haben. Verglichen mit dem älteren Paar und der Direktheit, mit der diese zwei ihren Austausch von Ansichten betreiben, sind die frühen Peinlichkeiten harmlos. Der Autor ist über die Jahre robuster geworden. Ihn verletzen selbst grobe Herabsetzungen nicht mehr. Er nimmt, was ihm entgegengebracht wird, nicht einmal mehr als Herabsetzungen wahr. Er hält das für halbwegs zutreffende Aussagen. Er selber denkt – und darin liegt die eigentliche Sprengkraft dieser Gedichte – nicht wesentlich anders über sich. Mehr noch, er kann sich den über ihn verbreiteten Meinungen durchaus anschließen und sie als Bausteine für ein grelles Porträt mit sich im Zentrum verwenden. Die Verhältnisse haben sich verkehrt.

Damit ist aber auch die Ausgangsfrage beantwortet. Was Jandl denn nun genau von der Liebe hält? Ist es für ihn ein literarisches Unthema, liegt in diesem Thema eine formale Überforderung für das Gedicht, oder schweigt er sich deshalb über die Liebe aus, um auf die Versäumnisse nicht hinzuweisen, wenn deutlich wird, wie wenig sich seine Erfahrungen mit den hohen Ansprüchen, die in diesem Wort mitschwingen, in Verbindung bringen lassen? Jandl mag sich dem Anspruch, der im Wort Liebe steckt, nicht aussetzen. Genauer: Er beschäftigt sich nur mit Lieben, die diesen Ansprüchen nicht genügen. Er will sich gar nicht diesen übertriebenen Erwartungen und hochfliegenden Hoffnungen (von romantischen Liebeskonzepten bis hin zu aufgeklärten Soziallehren) aussetzen. Seine Gedichte gedeihen in dem Raum, in dem die Liebe ein irdisch faßbares Phänomen ist und am besten als Liebe gar nicht erst bezeichnet wird. Ihm geht es um konkrete Gefühle, um zum Teil mörderische Aggressionen, um den Wunsch, zu verehren und verehrt zu werden – und letzten Endes um Halt. Er möchte die Situationen erfassen, in denen diese Gefühlslagen eine Rolle spielen, und er möchte auch das Denken näher kennenlernen, das von Gefühlen geleitet wird. In diesem Spektrum von konkreten Erfahrungen sind Jandls Liebesgedichte angesiedelt. Lieben jenseits der Oper.

Klaus Siblewski

Editorische Notiz

Die Gedichte entstammen der Werkausgabe von Ernst Jandl »poetische werke in 10 bänden« (1997) und dem Band »Letzte Gedichte« (2001). Sie wurden chronologisch nach ihrer Entstehung geordnet und umfassen alle Schaffensphasen des Autors. Das früheste Gedicht in diesem Band wurde am 1. 7. 1952 geschrieben, und das letzte datiert am 17. 8. 1983 (»was das gedicht spricht«). Danach kommen Gedichte, deren genaues Entstehungsdatum bisher noch nicht ermittelt ist. Alle Gedichte sind hier in Kleinschreibung wiedergegeben, auch die Gedichte, die Jandl in seinem ersten Gedichtband »Andere Augen« (1956) in Groß- und Kleinschreibung abgedruckt hat. Später hatte er bei Nachdrucken nichts dagegen einzuwenden, wenn diese Gedichte in Kleinschreibung wiedergegeben wurden.

Alphabetisches Verzeichnis der Gedichtüberschriften und -anfänge

Inhalt

NF 231/1/09.14

NF 232/1/09.14

NF 149/1/8.12

NF 153/1/8.12

NF 151/1/8.12